文芸社

光を見て

カーテンを開けて

嬉しいね

お天気よ

キラキラしてるでしょう
光を探して

見て

気づいて

こんなに愛が溢れてるの

雨の日も好きよ
雨も癒してくれるから

好きな曲を聴いてね
美味しい物を食べに行ってね

帰りには何か見つけてきてね

ありがとうね

いつも貴方がいてくれて
どんなに癒されたか
ほんとうにありがとうね

嬉しいね
ありがとうね
優しくなれるね
自信を持ってね

ほら

イメージして

出来るでしょう

キラキラしてるでしょう

気づいて自分の魅力を

すごいじゃない
自信を持って
今日も輝いてるじゃない

すぐに見つけられるのよ
だから大丈夫よ
うもれることなんてないのよ

好きなことをしてね

お部屋は好きな物でうめてね

天使たちが癒してくれるから
メッセージを受け取ってね

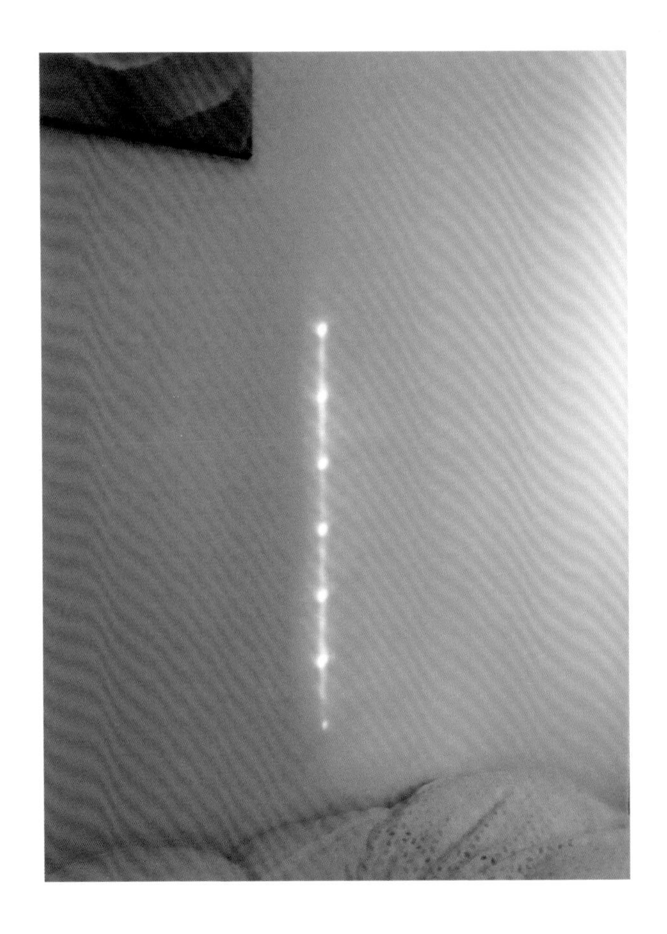

だから教えてね
好きを聞かせてね

心の扉を開けてみて

手にとってみて
めくってね
ページを開いてみて
本は心の恋人よ

撮影地　岩木山麓からの日神山地

夜は星を見てね
すっごいキラキラよ
嬉しくなっちゃう
月もすごく好き

撮影地　岩木山麓世界一の桜並木

神秘の世界が待ってるから

怖がらないでね
臆病にならないでね

孤独じゃないからね
一人ぼっちじゃないからね

ごめんね
気づいてあげられなくて
今度は言ってね
寂しい時は
教えてね

大丈夫よ
安心してね
ぐっすり眠ってね

頑張った自分をゆるしてあげてね

自分に一番優しく生きてね
自分を一番愛してあげてね

綺麗を見つけて

撮影地　弘前公園

優しく

優しく

怖がらないで

大丈夫なんだから

縛っちゃだめよ

自分を解(ほど)いてあげるのよ

こっちに来て

光を見つけて

いたでしょう
貴方の味方たちが
こんなに沢山

よかったね
待ってたのよ
みんなが喜ぶね

想い出したでしょう

こんなに笑っていたでしょう

いっぱい撮ってね
たくさん残してね
見つけて帰ってね

撮影地　イタリア・ヴェネツィア

すぐに想い出してね
楽しかった事
うれしかった事
体で感じてね

撮影地　アルプス山脈

あの時の感動
踏んだ大地
すごいじゃない

楽しいってこんな感じだったでしょう
気持ちいいね

良かったね
嬉しいね
もう忘れないでね
笑ってね

こっちを見てね
気づいてね
ほら
そこにチャンスが
いっぱいあるでしょう

水にも
雲にも
メッセージだらけよ

顔をあげてね
空気を吸ってね

見つけたでしょう
あったでしょう
キラキラが
輝いているでしょう

空気も景色も
みんな味方よ

すごいのよ愛って
守ってあげられるのよ

だから波が来ても
慌てないでね
大丈夫なんだから
貴方は守られてるんだから

たどりつくからね
浮いているからね

もがいたりしないでね
ゆっくりゆっくり流されるの

心穏やかに
浮いている自分をイメージするの

すごいじゃない
出来るじゃない
嬉しいね

今日もありがとうで溢れちゃう
愛が溢れちゃう

ゆっくり生きようね

光と
月と
星が
見守ってくれているから

お願いね
約束してね
好きを見つけてね

天使たちがいつも
応援しているから
見守っているから

著者プロフィール

松山 あづさ（まつやま あづさ）

表現者・エッセイスト。
1972年生まれ。
弘前市在住。

出版にあたり

写真を提供して下さったお友達の稲部千賀男さん、
山口鈴太郎君。高谷　岬ちゃん。
ご縁により大変お世話になった、
田口さん、今井さんをはじめ、制作にかかわってくださった文芸社の皆さん、本当にありがとうございました。
そしてエンジェルとクリスタル、私のソウルメイトのみなさん、
いつもありがとう。

光のエナジー

2020年３月15日　初版第１刷発行

著　者　松山 あづさ
発行者　瓜谷 綱延
発行所　株式会社文芸社
〒160-0022　東京都新宿区新宿1－10－1
電話　03-5369-3060（代表）
03-5369-2299（販売）

印刷所　図書印刷株式会社

ISBN978-4-286-21147-3